おッ！見えた、目ん玉が！

――八十路の入院体験記――

佐藤きむ

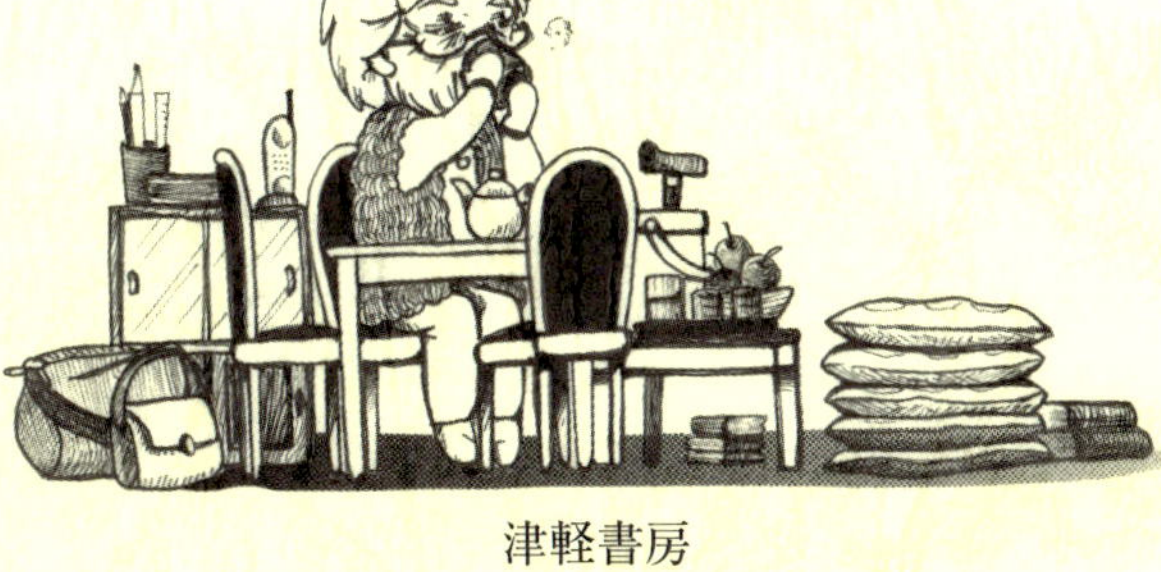

津軽書房

イラストレーション
studio pippin

おッ！　見えた、目ん玉が！

――八十路の入院体験記――

おッ！　見えた、目ん玉が！

2017年元旦を、私は病院のベッドで迎えた。

一般病室の個室はなしという病院なのだが、昨年暮れの29日、その年最後の手術に入れてもらえたおかげで、次の手術が始まる4日午前まで一人部屋を独占できるという幸運に恵まれた。

一人で迎える正月は、14年前夫が死んで以来ずっと続いていて、目をつむれば、我が家での元旦の朝も、病室での元旦の朝も、周囲の静けさは全く同じなのだが、いつもは、大晦日の夜は年賀状を書きまくって明け方床に就き、起きるのは10時ごろなのに、昨夜は、個室なのを幸いと9時の消灯時間後もイヤホーンで紅白歌合戦を見、除夜の鐘を聞いてすぐに眠りに就いたから、5時にはさわやかに目が覚めた。夜のとばりが次第に明けていく中で新年を迎えるなんて何十年ぶりだろう。

事の発端は12月28日午後、路上で転倒したことである。自分ではそれほどの怪我とも思わず、娘の車で病院へ連れて行ってもらったら、「右大腿骨転子部骨折」ということだそうで、そのまま入院、翌日手術してつなぎ合わせてもらった。周囲の人たちからは骨折というのは大変と同情してもらったが、私自身はさほど落ち込んでいない。娘に言わせると、静かなのは下半身だけで上半身は全く変わっていないそうだ。

〈子供の時の本を読み返しています。すっかり丸くなった八十路の背中には「でんでん虫の悲しみ」（新美南吉）のでんでん虫のように、悲しみがずっしりと詰まっているのかもしれませんが、すべてポジティブに考えて明るくのんき気に暮らしています。〉と添え書きした年賀状が印刷所から届いたのを机の上に積んだまま、年越料理の買い出しもしないまま、お供えも締め縄も準備しないいまま、何もかもすっぽりとあきらめて、成人以来初めてのんびりとした正月である。それと引き換えと思えば、足の痛みも緩和される。（年末も年始もなしに至れり尽くせり世話をしてくれた病院の方々には申しわけないが）

というわけで、新しい年の元旦はベッドの上での生活五日目、ずっと自分の顔を見ていないことにふと気が付き、バッグの中の鏡を出してみた。

見た途端、驚いた。丸い目ん玉が見えたのだ。当たりまえと言えば当たりまえのことだが、何年か前から老人によくあるまぶたが垂れ下がる症状が現れて、自分の目玉全体を見ていなかったのである。それが長時間あおむけのまま寝ていて、まぶたが上に上がったのだろう。お久しぶりに目玉が全貌を現してくれたのだ。おかげで病人らしくない元気な顔を鏡は映してくれた。

そうか、この84歳の目ん玉で見た院内風景を拾い集めたらおもしろいだろうなと、ポツリポツリ書きとめたメモをまとめたのが、この一冊である。

冬はあけぼの

春はあけぼの。やうやう白くなりゆく山ぎは、少しあかりて、紫だちたる雲の細くたなびきたる。

誰もが学校時代一度は読んだことのある『枕草子』の冒頭の文である。

私は仕事柄、『枕草子』第一段をいろいろな機会に読んできたが、正直なところ「あけぼの」の風景をみたことがなかった。

明け方を表す言葉を時間的推移でみると、「あかつき」→「あけぼの」→「あした」の順になる。「白くなりゆく」の「白く」は「著《しる》く」で、はっきりしていくという意味があるから、だんだんとほんの少し明るくなっていく状態で、そのころの時間は、私にとってまだ夜中、熟睡の時だった。

それが、今回入院したおかげで、「春はあけぼの」ならぬ「冬はあけぼの」の素晴らしい景色を何度も見たのである。

私の入院室は5階、東側は大きな窓になっていて、お天気がよければ朝日がぱっと部屋全体を照らしてくれる。

病院の消灯時刻は午後9時、普段の私の就寝時刻より4時間も早い。必然的に朝4時には目が覚める。病院のベッドはなかなか便利で、上半身を起こすのも、足のほうを高くするのも、ベッドそのものの高さを上げ下げするのも、すべて自動でできる。いつしか私は、お天気の日には「あかつき」頃から、ベッドの高さと背もたれの傾斜を調節して「あけぼの」を待つようになった。

待つことしばし。「やうやう白くなりゆく」のだが、これが何とすごい！　清少納言が見たのよりもはるかに素晴らしいと断言できる。清少納言は寝殿造りのお屋敷のどこかから、山の頂上あたりの「山ぎは少しあかりて」という風景を見たのだと思うのだが、こちらはなんと、津軽平野を囲んでいる山脈《やまなみ》全体の「山ぎは」が少しずつ白んでいくのである。しかも5階からという地の利は、ベッドから降りて窓際まで足を運ぶと180度眺望が可能である。

はて、この風景を『枕草子』風に表現したらどうなるだろう。

冬はあけぼの。やうやう白くなりゆく連山の山ぎは、少しあかりて紫だちたる雲の一面にたなびきたる。やがて朝日の出でて、山脈《やまなみ》の徐々に赤く染まりゆくもをかし。

〔略〕私が感じる「春らしさ」と、清少納言の感じるそれとは、やはり違う。私ならば、「春は道。やうやうくろく顔出すアスファルトは、少しかわきて、かげろふのほそくたなびきたる。」とでもしたい。なぜなら、年中学校に通う私にとって、一番季節感（特に春）を感じるのは、登下校の道だからである。「かげろふ」は、「ほこり」にしてもいい。優雅に山から変化を見いだすのと、足元から見いだすのとでは雲泥の差を感じるが、その差は、時代と年の違いだと考えたい。（教養の違いも）［略］

これは昔私が中学校に勤めていたときに、生徒が書いた感想文からの抜粋である。考えてみると、「清少納言に共感できるもの、できないもの」といった課題について賑やかに討論したりなど、本筋から離れた生徒にも清少納言にも申しわけない授業を続けてきた。春のあけぼのの風景をきちんと目で確かめて授業すべきだったと、今になって慚愧《ざんき》の念に駆られている。

数独パズル

月刊「文藝春秋」に毎号「考えるパズル」が掲載されている。PART1が、「漢字シークワーズ」という56文字の漢字が縦7字、横8字に並んでいる中から、一直線上に隠れている3～4字の熟語を見つけていくパズル。PART2は、すべての縦列・横列・3×3のブロックに、1から9までの数字を入れていくパズルである。私はずっと長い間「文藝春秋」を定期購読してきたのだが、こういう時間のかかるパズルのようなものは忙しい私とは無関係と思って、やってみたことがなかった。

一昨年の12月号だったと思うのだが、暇な身になったのだからとやってみたら案外おもしろい。それに、それほど時間のかかるものでもなくて、それから毎号応募するようになった。そうしたら、なんと、一年もたたぬのに昨年の10月号漢字パズル当選者10名の中に私が入っていたのである。応募者数5,500名以上というのだからすごい。雑誌に掲載された私の名前を見たという東京の友人から手紙が来た。「我が家は、夫が漢字に、私は数独に30年出し続けているのですが、まだ当たったことがありません」という。

それ以来、すっかりパズルにのめり込んでしまった。次第に病膏肓に入って市販の数独パズルの本を買ってくるまでになり、夜更かしがますますひどくなった。

骨折したのは、ちょうどそんなときだった。よし、ベッドの中で徹底してパズルをやろう。娘に届けてもらう入院生活に必要な物として、一番先に頭に浮かんだのが数独パズルだった。

今の医学はすごい。手術の後も動かなければ痛くない。両足には血栓を防ぐためのマッサージ器（のようなものだと思う。私は寝たままで見ていない）を取り付けてくれて、動かさずにいてもだるさもない。幸い手は無傷だから字は書ける。正式の名称は分からないが、最近出た消すことのできるボールペンは、筆圧を必要としないから寝ていても結構書ける。入院生活の前半は、ほとんどパズルに明け暮れた。

そして、気の付いたこと。およそこれくらいくだらぬ遊び道具はないということだ。私は80歳になった頃マージャンのおもしろさを知って月3回定期的に仲間と楽しんでいるのだが、マージャンのほうがよほど役に立つ。年を取ると外出する機会もだんだん少なくなる中で、マージャンの日は、一応身仕度を整え、少しはお洒落もするという貴重な日である。黙ってパイを出したり取ったりという人は誰もいなくて、ゲームに関すること、関係ないこと、いろいろ笑いながらおしゃべりをする。終われば解散前にお茶のひとときを楽しむ。

それに比べて、パズルは一人でのゲームである。朝起きたまま顔を洗わずとも、パジャマから着替えずとも、夜は深夜に及ぼうとも、やりたいときはいつでもやれる。

よほど自分をきちんと律しなければ、生活のリズムを崩してしまう。

　頭を使うからボケ防止になるという人もいるが、同じ頭を使うなら、使っただけの結果が残るもののほうがいい。もう40年以上も昔、2週間ほど入院したことがあった。その時、読みたいと思っていながら仕事に追われて読めずにいた『橋のない川』（住井すゑ）全6巻を病室に持ち込んで読破した。『橋のない川』と「数独パズル」では雲泥の差である。随分と落ちぶれたものだと、思い出しておかしかった。

　しかし、「数独パズル」に全くメリットがなかったわけではない。私の手持ちの本は、星一つから五つまで難易度が5段階になっているのだが、病院のベッドでの二つ星に要した時間と、家でソファに座ってやった三つ星の時間がほぼ同じであること、病室でも寝てやるのと起きてやるのとでは、同じ星の数でも時間がかなり違うことを知った。寝ころんでいる時間の多いのは、脳の活性化を妨げることに気付かせてもらえたのは収穫だった。

退院して家に帰ったら、パズルは「文藝春秋」だけにしよう。寝しなの本のほかは、椅子に座って読もうと思っているのだが、はたして実行できるだろうか。

《お塩様》由来　その1

病院の食事はすごい。夕食には魚か肉の主菜（これにも毎回違った付け合わせが添えてある）のほかに小丼が三つも付く。一人暮らしの私の日ごろの食事は、長芋に生卵ときざみネギをかきませて御飯に掛けただけという類のものが多くて、どうかすると食後に洗うのは茶碗と箸だけだったりする。

病院の食事は皿数が多いだけでなく、盛られているご馳走の食材の種類の多いのも驚きである。私が特に好きなのは煮物なのだが、あれほど様々の食材を使って私が家で作ったとしたら、私一人で食べきるには一週間もかかるだろう。

唯一私が不満なのは、塩分が極端に少ないことである。血圧が高めな私の食事は、塩分を特別に配慮しているらしい。毎朝のみそ汁は小さなお椀に半分。焼魚などは塩っ気がゼロに近かったりする（と私には思われた）。

私は、もともとそれほどの納豆好きではないのだが、病院食の一番の楽しみは納豆だった。朝食に納豆が付いてくると思わず歓声を発する。納豆に歓声というよりも、正確には付いてくるタレに歓声なのだ。納豆は、普通3個で100円くらいで売っているあの小さなパックがそのままお膳に載ってくる。タレもカラシも市販のと全く同じで、減塩されたものではない。無駄にすまいとタレを最後の一滴までしぼり出す。隣のベッドの人も向かいのベッドの人も、カラシは不要とのこと。「わァもったいない。私が歩けるようになったらもらいに行きます」と言ったのだが、相手の二人も、同病相憐れむ私の仲間で、「どうぞ食べてください」とベッドから降りて私に持ってきてくれるというわけにはいかない。

そのうちおかずの食べ方もだんだん上手になった。

朝食のみそ汁は、最初に温かいのをほんの少し一口。あとは最後の仕上げ用に大事に取っておく。昼食・夕食は、各容器のをちょっとずつ味見して塩気のないものから先に食べる。一番塩味や酸味の多いものを、御飯を食べ終わった後の楽しみに半分くらい残しておく。これを逆にしては折角の食事も難行苦行となる。

この方法をようやく会得したころ、間食もしてかまいませんよと、担当の先生の許可があって、療法士の方に車椅子で売店へ連れて行ってもらった。よくよく見るとお菓子類もいろいろあったのだが、最初に私の目に入ったのは食卓塩のびんだった。いつも我が家の食卓にも載っている一番小型のびんなのだが、その時のは何と大きく見えたことか。でも、優等生患者（?）である私には買う勇気がなくて、「うすしお味」と書かれてある小さな容器のポテトチップスを買って終わりにした。

それから一週間ほどたって、管理栄養士さんがたまたま病室に来られた時に、もう少し塩味が欲しいということを話してみた。そして、話し合いの結果、補給用の塩一日分を朝食の時に出してもらうことになった。それを朝、昼、夕と、こっちが好きなように配分するのだそうである。何でも話してみるものだ。明朝からということで、さあ、明日は何に塩をかけて食べようか。消灯後のベッドの中で、あれこれ考えをめぐらしながら温かい眠りに就いた。

《お塩様》由来　その2

２０１７年1月27日、《お塩様》ご到来の記念すべき日である。いったいどれくらいの量が来るのだろう。だいたい私の頭にある量というものの感覚は、180ＣＣのカップ一杯の水や米の量が浮かんでくるという程度のものである。調味料なんて全く量ってみたことがない。

午前8時、「佐藤さん御飯です」と運ばれてきたお膳の上には、いつもより皿数が一つ増えて《お塩様》が鎮座ましましていた。透明なパックに入って密閉されているにもかかわらず、お盆に直接ではなくて皿に載せられているのが、《お塩様》の《お塩様》たるゆえんなのだろう。メニューにも「塩パック」の文字がちゃんと加えられていた。

まずパックをしげしげと手に取ってみる。納豆に付いてくるカラシの2倍ぐらいの大きさだろうか。たまたま手元にあった定規で測ってみたら、縦3・5センチ・横4・5センチ。青い文字で「給食塩1g」と書かれてある。裏側には加工工場・販売者と並んで「販売協力全国病院用食材卸売業協同組合」とある。なるほど、1gの塩パックなんて病院以外に必要な所はないのだろう。

さて、これをどう使おう。待てよ、今まで我慢してきたのだから、もう一日我慢して、二日分の現物を並べてみたうえでどの料理に使うかじっくり考えようと、殊勝にも仕舞い込んでおくことにした。

ところがである。この1gのパックは栄養科のミスであったらしくて、翌日から渡されたのは更に一回り小さい0・5g入りのパックだった。

とにもかくにも、どんなにわずかでも塩があるということはありがたい。「敵に塩を送る」という故事が伝えられているくらい昔から塩は必需品だったし、実際私の世代は、戦後塩がなくて困ったことが身に染みている。食糧難の時代、ほとんどの人が一番欲しかったのが米だったのだが、当時塩一升と米二升と交換できた。それだけ塩が貴重だったのである。

だが、あの時代でも0・5gをどう使うかまでは考えなかったような気がする。《お塩様》よ、何とあなたは高貴なお方でいらっしゃることよ。毎朝私は《お塩様》を眺めては、下僕になり果てた我が身を哀れんだ。

これからのあとは、ナイショの話。

さて、同じ食べるなら、ちょっとおいしいものにしようとアジシオを買い込んだ。高さ10㎝ほどの小さな容器なのだが、内容量を見たら60gとある。0・5gのパック120個分なんだと思ったら何だかすごい量のように思った。4か月入院しても十分足りる量である。一日0・5gを目安に振り掛けるのだが、手元が狂って多少オーバーしていたかもしれない。でも、毎日計ってもらう血圧は無事の数字を示し続けてくれた。

野口先生よ、私を見捨てないでください

入院生活をしてみて、いろいろと珍しいことを体験させてもらったが、借金もその一つである。

借金といってもそれほど大げさなものではないが、千円札にも不自由したのは野口英世博士が出現してから初めてである。

年末に入院したもので、キャンセルした新年会がかなりの数にのぼった。欠席の連絡が間に合わなかったり、その日に年会費を払うことになっている新年会があったり、そのほか親しい人の家族の不幸を知ったりと、本来ならば自分が足を運んで届けなければならない出費がいろいろあったのを、友人・知人に電話で依頼して立替えても

らった。

　正月の行事が一段落したころ、その中の友人の一人A子さんが病院に来てくれた。入院中お金の管理を一切娘に任せていて、時々私の財布に補充してもらっていたのだが、幸いその時、借りた分のお金はどうにかあったので返すことができた。

　彼女と擦れ違いに顔を出してくれたのがF子さんだった。ついこの間も来てくださったのに嬉しいと、喜んだその次に思ったのは、「しまった、A子さんに借金を返さなければよかった」ということだった。実は、F子さんにも1万円の借金があったのである。A子さんは高校時代からの友人だが、F子さんはお付き合いの日が浅い。わざわざいらしてくださったのに返金延期のお願いというのは、快く承知してくださるのが分かっているだけに気が引ける。財布をこっそり開けてみたら、千円札がかなり入っている。10枚はありそうだと思い「細かいお札でごめんなさい」とF子さんの前で数えたら8枚しかない。取りあえずそれだけ受け取ってもらった。

夜娘に電話したら届けるのは明後日になるという。お金が届いたらすぐ郵送できるよう、忘れないうちに手紙を入れた封筒を準備しておいた。

その翌日、昔の教え子で骨折体験の先輩でもあるK子さんが、「先生、そろそろ昼食後のコーヒーが恋しい頃でしょう」と、ふた付きのコップに入れた熱いコーヒーを持ってきてくれた。入院以来初めてのコーヒーである。喫茶店で豪華なカップで飲む高価なコーヒーよりも、はるかにはるかにおいしかった。「ワァーおいしい」と、一口飲んで思わず歓声をあげた後、ゆっくりゆっくり飲み干して、次に私が発したのが「あなた2,000円持ってる?」という言葉だった。

K子さんから野口先生2枚を借りて昨夜用意した封筒に入れ、投函もK子さんに依頼した。

K子さんからはまだ借金したままである。彼女には、住居が近いこともあって、日ごろから何かと世話になっている。「先生のことだから、借金を忘れてしまっているかもしれないな。ま、いいか」と彼女は思っていたかもしれない。

考えてみると、野口先生がお札に姿を現して以来、これまで一度も千円のお金に困ったことがなかったというのは幸せだった。それにしても、いざという時に、助けてくれる人がたくさんいるということはありがたい。

物質的なことばかりでなく、精神的にはそれ以上に、皆さんにいろいろと支えていただいた。深く感謝している。

日本語再考その1　消灯時間

病院の夜は長い。消灯時間は午後9時。朝照明がつくのは6時以降である。朝は、はっきりした時刻が定まっていないらしい。最低でも9時間は常夜灯だけである。床の中に9時間というのは私の普段の生活にもしばしばあることだが、それは深夜のテレビを見たり寝しなの本の時間がつい長引いたりというときで、実際の睡眠時間は長くても6時間もあれば十分である。特に私は、遅寝遅起きの悪習慣が身についていて、9時就寝というのは大事《おおごと》である。

8時半というと、就寝準備に取りかかって、9時5分前にはベッドに横になるのだが、そのうちに消灯までの5分間がなかなか楽しい時間であることを発見した。

宿直の看護師さんが消灯時間であることを伝えに来るのだが、その言い方が毎晩それぞれ違っていておもしろい。今日の人は何て言うだろうと考えると、消灯までのわずか5分間も退屈しない。私の記録の中で一番長いのが「消灯時間です。電気を消させていただきます。おやすみなさい」、一番短いのは「電気消すよ」だった。一番多かったのは「電気消します」。それに「おやすみなさい」が付いたり付かなかったり。これがやはり一般的だと思うのだが、イントネーションによって同じ言葉でも感じがぐんと変わる。ちなみに、一番長い声の主は男性、短いのは女性だった。

消灯時間の前にもう一つ、看護師さんが回ってきて聞かされるのが、歯をみがいたかという確認の文言である。患者が守るべききまりを書いた「3階南病棟（回復期リハビリ）病棟入院のしおり」というのがあって、その中に〈週間スケジュールと1日の流れ〉という表が記載されている。その表の「夕」の欄に、19時夜の準備（着替え・口腔ケア）と書かれている。この病棟はリハビリの一環として昼間は普段着で過ごすことになっている。きちんとパジャマに着替えたか、歯をみがいたか、看護師さんが確認するわけだが、着替えたかどうかは見れば分かるが、歯みがきはそうはいかない。いちいち口の中を調べるのは大変なので、言葉で確かめるのだが、これは「電気消します」のように簡単にはいかない。

「歯ミガイダ？」「歯ミガギした？」と、どうしても監視口調になるし、極端なのになると「歯ミガギ、ちゃんとやった？」と、「ちゃんと」という強調する修飾語まで付く。どう話したとて、サボれば駄目だよという患者を信頼していない監視者的な言い方になってしまう。

これはどうにかできないものだろうか。

「消灯時間〇分前です。おやすみ前の準備終わったでしょうか。」

「消灯時間まであと〇分です。着替え・歯みがきお願いします。」

いろいろ考えてみたが老化した私の頭には適当な言い方が思い浮かばない。

日本語の特徴の一つである婉曲的な言いまわしを上手に生かした言い方ができないものだろうか。若い看護師さんたちの英知に期待したい。

日本語再考その2　老人語

【幼児語】言語習得期に在る幼児に対しておとなが、発音しやすいようにとの配慮から与える片言（カタコト）に似た表現。「よしよし」を「ヨチヨチ」、犬を「ワンワン」と言うなど。〔意味の実質からは「対幼児語」〕

これは『新明解国語辞典』第五版からの引用である。

私が入院した病棟の患者はほとんどが老人で、私にとっては「病院」というハード的なことのほかに、「老人」というソフト的な面でも初めての環境であった。初体験のことがたくさんあって退屈することがなかったのだが、その一つに、病院は老人語の社会なのだということである。（「新明解」流に言えば「対老人語」）

語彙もイントネーションも幼児語に似ているのだが、老人語が幼児語と大きく違うのは、幼児は幼児自身もおとなの口調を真似て「ヨチヨチ」「ワンワン」と言うのに対して、老人は職員の言う老人語を真似ることはほとんどない。老人語の話者は、患者よりもはるかに若い病院の職員である。

どういうのが老人語かというと、簡単には説明しにくいのだが、名詞の下に「コ」をやたらに付けるのもその一例かと思う。

もともと「コ」は、津軽の方言では「あめコ」「お菓子コ」と普通に使われていたが、どちらかというと、おいしいもの、小型のものなどに多く使われていたような気がする。弱い雨の降り始めに「雨コ降ってきた」とは言うけれども、どしゃ降りの最中に「雨コ降ってる」とは言わない。「どんぶりコ持ってきて」と言うのも、どちらかというと小さいどんぶりを要求しているときで、砂鉢《さはち》のような大きなものには「コ」は付かない。「靴コ」と言うのも子供の靴の場合で、でっかい男物の靴には

「コ」が付かなかったように思う。

ところが、病院の老人語は、何にでも「コ」が付くのである。注射の時に「腕コ出して」と言う。「腕は出せるけど、腕コは出せないな。子供のかわいい腕なら腕コでもいいけど、年寄りのこの汚ない腕では腕コとは言えない」と言っても、若い看護師さんにはこの皮肉は通じない。彼女は、この病院の院長先生に注射するときも「腕コ出して」と言うのだろうか。

病院の「コ」は具象名詞、抽象名詞おかまいなし。朝の検温に回ってくる孫のような年齢の看護師さんに「調子コどうでら」と老人語で問われても、患者は「はい、おかげ様で快調です」と、「デス・マス体」でへりくだるしかない。

イントネーションの特徴を文字で説明するのはなかなか難しいが、文の中の切れ目が多いことが老人語の大きな特徴ではないかと思う。その切れ目の語尾の音量が小さくなることはなく、むしろ力がこもり、音程も上がることが多い。私たちの教育現場の世界でも、小学校低学年の授業は、教師の話し方にそういう傾向があるから、相手に分かりやすくゆっくり言おうと思えば自然とそうなるということなのだろう。老人というのは知能が衰えて子供に話すように話さなければ理解してもらえないと、老人よりも知能が高いと自負している看護師さんたちは考えるらしい。

私たち普通の会話では「ちょっと待っていらしてください」程度は一息で話して、最後は音程も下がって声量も小さめなのだが、老人語では「ちょっと　待って　いてね」と文節ごとに切ってそれぞれの文節に力が入り、最後の「ね」も、私たちが「待っていてね」と言うときは軽く添えるような感じなのだが、老人語では念を押すように強くなることが多いようだ。

昭和初期「ああ玉杯に花うけて」などの少年小説で一世を風靡《ふうび》した佐藤紅緑が晩年入院したときに、若い看護婦に「おじいちゃん、早くよくなって一緒にお花見に行こうね」と言われて、それまで閉じていた目をパッと見開いて、「なんで俺がお前と花見にいかなきゃならないんだ！」と怒鳴ったという話を末娘の愛子さんから聞いたことがある。紅緑がもし今も入院していたら、相変わらずしょっちゅう怒鳴っていなければならなくて、目を閉じている暇がないだろう。

私は「幼児に対しておとなが与える片言に似た表現」を幼児語というのに倣って、老人に対して病院のスタッフが与える独特の話し方を勝手に老人語と表現させてもらった。

実際は、辞書に載っている正しい老人語の意味は、それとは全く違う。

【老人語】すでに青少年の常用語彙の中には無いが中年・高年の人ならば日常普通のものとして用いており、まだ死語・古語の扱いは出来ない語。例、日に増し［＝日増しに］・平（ヒラ）に・ゆきがた・よしなに・余人（ヨジン）など。（『新明解国語辞典』第五版より）

これは20年ほど前に出版された辞書なので、第6版が出るころには、この後に②と

して、
すべての老人は知能衰退期にあるという前提のもとに、老人を保護する立場の人々が、理解しやすいようにとの配慮から与える幼児語に似た表現。ただし幼児語よりも品位はぐんと落ちる。
というのが加わっているかもしれない。

日本語再考その3　名字《みょうじ》と名前

我が家に集まる現職の女性国語教師たちに、入院中私を「きんさん」と名前で呼んだ人は4人しかいなくて、みんな「佐藤さん」だったと言ったら、普段人の呼び方に厳しいことを言うのを知っている人たちだけに「4人も」でないのかとニヤニヤしながら言った。

「ううん、しかよ。入院中私が言葉を交した病院で働いている人は、100人はいたのでないかしら。その中でたった4人しかいなかったのよ」と私は「しか」を強調したのだが、下の名前で呼ぶ医療機関や老人施設もあるということを聞いているだけに心地よかった。

4人のうちの一人が「きんさん」と呼んだのは、朝の検温のために病室に来た女性看護師で、同室の患者たちは名字だったのに私だけが「きんさん」だった。あとの人たちは50代・60代なのだが、私は80代、もうモウロクしているだろうから名前のほうがいいと思ったのだろう。「私だけがどうして佐藤さんでなくてきんさんなの？」と尋ねたら、彼女もはっとしたらしくて「すみません」と言った。「謝らなくてもいいの。理由を知りたかったの」と言ったら、もう一度「すみませんでした」と言ったので、それ以上追求するのはやめた。

二人目は、これも女性である。ある時突然病室に現れて「私は○○○の○○です」と、自分の職務と姓を名乗った。そして、「きんさんが退院した後の生活について教えてください」とのこと。何でそっちは名字で、私は下の名前なんだ。それに、そんなことまで聞く必要があるのかと思うつまらぬ質問を、独特の老人を子供扱いしたようなイントネーションで次々と出してくる。あなたは何歳になるのかと聞いてみたらまだ30代。これまで指導してくれる先輩に恵まれないままに一人前の仕事をさせられているのかもしれないと思うと、気の毒な面もないではない。

介護認定を受けるにはこういう人を通さなければならないのかと思ったら、介護保険の世話にはなるまいとリハビリに一段と熱が入ったから、彼女の恩恵もそれなりに受けたということであろうか。

私が時々思い出す人に、7年ほど前に満100歳で亡くなった東むつさんという方がいる。東さんは、県立弘前高等女学校（現弘前中央高校）大正15年の卒業生である。

弘前高等女学校が大正14年・15年に新潟県高田市で開かれた第1回・第2回全日本女子スキー大会で総合優勝二連覇を果たしたことがあった。東さんは、その両方の大会の主力メンバーだった。今ならば当然オリンピックに出場しているはずである。

90歳を過ぎても背筋がぴんと伸びて、パンタロンスーツでさっそうと歩いていらっしゃった。ずっとお一人暮らしでいたが、いくら元気でも高齢なのだからと周囲に勧められて、80代の後半からヘルパーさんを頼むようになった。その頃、東さんがこんなことを話してくれたことがあった。

「ヘルパー頼んだら、その人、私のことをむつさんて呼ぶのよ。何で私が孫よりも若いような人から名前で呼ばれなければいけないの。初めは我慢したけど、ある時思い切って、ここの家は私よりいないんだから、名字で呼んでって言ったの。その人、どうして名前なら駄目なのか分からないらしくて、事業所へ帰って聞いたらしいんだ。そうしたらそこでも分からなくて、私のことを東さんと呼ぶまでに2週間もかかったのよ」

このことを聞いてからもう20年もたつが、こうしたことに関してはあまり進歩していないようだ。

老人の中には下の名前で言われたほうが嬉しい人もいるだろう。でも基本は若い人も老人も同じである。初対面の人には名字で対応すべきだし、同姓の人がいるときや、お互い確認しあう意味では「初めてお目にかかります。私〇〇〇〇（職務名）の弘前花子です。青森太郎さんでいらっしゃいますか」と、どちらもフルネームにしたらいいと思う。その後は、「青森さんが退院なさった後の生活で、不便なことがあれば相談にのりたいと思って伺いました」といろいろ話しているうちに、相手の話し方に合わせて方言を取り入れたり、「いいお名前ですね。青森さんでなくて太郎さんと呼ばせていただいていいでしょうか」と、だんだんくだけた話し方の方向へ持っていくようにしたらどうだろう。

忘れてほしくないのは、津軽弁にも敬語はあるのだし、あくまでも老人は自分より年長者であるということである。易しい言葉で話すのは大切だが、イントネーションまで子供向きでは、話す側の精神年齢も子供程度と間違えられるかもしれない。

佐藤きむ
さん

日本語再考その4　終助詞「よ」「ね」の伝えるもの

今年も、残雪は、がんの群れを率いて、ぬま地にやってきた。

これは『大造じいさんとがん』（椋鳩十）の書き出しの文である。

――の部分が品詞で言うと助詞なのだが、たったこれだけの短い文の中に7つもある。助詞というのは不思議な役割で、たった一文字でたくさんの内容を表現することがある。「今年も」の「も」は、去年も来ました、もしかしたら、一昨年も、その前の年も、ずっと続けて来てるかもしれません、という意味の「も」である。

『尋三の春』（木山捷平）の書き出しの文にある「も」になると、意味は更に深い。

私は尋常小学校を卒業すると、高等科にも上げてもらえないで、すぐ百姓にさせられてしまった。

1907年、「小学校令改正」で、小学校を6年間の尋常科（義務教育）と、2年または3年の高等科の2段階と定めた。義務教育を終えた後に進むエリートコースは、男子は中学校、女子は高等女学校だったが、それに次ぐコースとして工業・商業・家政などの実業校があった。勉強したくとも、そうした学校に進めない人たちのために、各地域の中心地に設けられたのが高等小学校であった。「高等科にも」の「も」は、実業学校や中学校はもちろん駄目、高等科にすら入れてもらえなかったという無念の気持ちが込められている「も」なのである。

中学生に日本語文法の品詞を系統的に教える場合、自立語（今年、残雪、がん、群れ、率いる、etc）が先、付属語（も、は、の、た、etc）は後になる。自立語だと生徒が興味を持ってくれるように指導法をいろいろ工夫しやすいのだが、付属語はその点自立語よりも難しい。しかも授業の時期が年度末に近くなるので、やらなければならないことがまだまだあるという思いもあって、最後の助詞はついおろそかになってしまう。

私は、長い国語科教育の生活の中で、助詞を粗末にしてきたことを、いつのまにか忘れかけていた。それが、今回の入院生活で、日本語の中で果たす助詞の役割の大切さをまざまざと思い知らされて、私は、「も」でいうならば、使い方の初歩的なことも教えてなかったことに気がついた。教え子たちに本当に申しわけなかったと思う。

私が一番反省したのは、終助詞の使い方である。

教科書には

文や文節の終わりに付いて、話し手・書き手の気持ちや態度を表す。

とある。私たちが普段話し言葉の中で「いっしょに行きませんか」「いい天気だなあ」などと何気なく使っているのだが、病院で一部の看護師さんが患者に対して話す終助詞を聞いて、たしかに話し手の態度を表しているということを痛感した。

特に「よ」「ね」が念押しの形で多く使われているのが気になった。

歯みがきして今日は終わりだよ。

血圧計りますよ。

戸閉めるよ。

ちょっとチクッとするよ。

ここで待っててね。

パジャマに着替えてね。

ボタン押して呼んでくださいね。

これ捨てるよね。

別に使い方が間違っているわけではないが、「よ」「ね」を使わない形に言い換えれば、品位がぐんと高まるし、言い換えるのも難しいことではない。「ボタン押して呼んでくださいね」は「ね」を取っただけで十分である。

トイレの中から「パンツ上げるよ」と病室までも大きな声が聞こえてくるのは、患者はもちろんかわいそうだし、話し手の看護師さんのほうの知性も疑われて気の毒である。

低音の魅力

入院室の戸はいつも開けっぱなしである。老人がほとんどの病棟なので、話す声は看護師さんも患者も大声の場合が多い。

隣りの病室に、特別の大声でしょっちゅう怒鳴っている男性がいた。私とのつながりは私の耳にただ怒鳴り声が聞こえてくるというだけで、何歳なのか、どこをどう怪我したのか一切分からないが、よくまあ元気が続くものだと感心するくらい看護師さんを呼んでは怒鳴っている。耳が遠いらしくて、看護師さんの言うのが聞こえないのがまた癪《しゃく》に障るらしい。

看護師さんの中に一人だけ話の通じる人がいて、その人とは穏やかに話しているということが、私にもだんだん分かってきた。注意して聞いていると、その看護師さんは割と低音で、音程の高低の差があまりなく、アクセントの強弱も極端な箇所がない。そうした話し方がその男性の耳に受け入れやすかったのだと思う。

二人の会話が私の所まで聞こえてくる。この前の戦争で軍隊に駆り出されたというから、90歳以上の年齢ではないだろうか。オラは軍隊で天皇陛下を守る役目をしていたんだと誇らしげに語っている。

昔、大日本帝国陸軍の師団の一つに近衛師団というのがあった。太平洋戦争の後期には改編されて一部は戦場にも行ったが、近衛師団というのは一般師団とは異って天皇と皇居を守るのが本来の任務だった。所属する兵士も特定地域からの徴兵によるものではなくて、全国から選抜された人たちで、近衛兵になることは大変な名誉とされた。選抜の方法の中には身元調査もあったそうで、左翼的な思想の傾向はないか、本人はもちろん親族の中にもそういう人物がいては不合格だったという。おのずと純朴な地方出身者が選ばれることが多く、特に青森県の農村の青年たちは太鼓判を押されて近衛兵になった人が多かったそうである。

隣室の男性も、おそらく近衛兵だったのだろう。でも「天皇陛下を守る役目」と言っても、若い看護師さんにその意味が分かるはずがない。分からないままに相槌を打ったり、感心したりしているそのトンチンカンな応答ぶりがまた、何とも聞いていておもしろい。男性にしてみれば、トンチンカンであれ何であれ、対話の相手になってくれる看護師さんはどんなにありがたかったことか。そのわずかな時間が至福の時だったに違いない。

大抵の看護師さんは、自分の言っていることを老人の患者が聞き取れずに問い返すと、更に大きな声で言い直す。ところが女性が大きい声を出すとどうしても音程が高くなり、老人が聞き取れる音域からますます離れてしまうことが多い。

10年ほど前に亡くなった本県を代表する文化人とも言うべきO先生が、晩年パーティーなんかでご一緒すると、よく私に話かけてくださった。私の立場からは、O先生は雲の上の人という存在の方だったので、緊張しながらもいろいろお話を伺って嬉しかった。

O先生、晩年は耳が遠くなられて、周囲が賑やかなパーティー会場では相手の話すことが聞こえなかったのだが、私の声だけは聞こえたらしいのである。私は、私の声が大きいからだろうと思っていたが、それだけでなく波長も合っていたのだろう。あの世で先生の耳はどうなっていらっしゃるだろうか。まだご不自由のままだったら、今度あの世でお会いしたら、大きい声を出すだけでなく、音程もしっかりと水谷豊流に安定させてお相手をしたいと思う。

天皇陛下をお守りしたというあの男性、その後どうしただろうか。私は病室を移動して隣室だったのは短い日数だけだったが、訪ねてくる家族の気配も感じられなかった。苛酷な戦争を直接体験させられた人の晩年の人生だと思うと、ほとんど同じ年代を生きた者として胸の痛みを感ぜざるを得ない。

娘と嫁

早朝まだ暗いうちから、「M子、M子」と呼ぶ廊下を隔てた向かい側の女性の声が聞こえてくる。どんな人なのか、声を聞くだけなので全く分からないが、声からの憶測ではかなりの高齢ではないかと思う。それにしては疲れないのか、一日中、引っ切りなしにと言いたくなるくらい呼んでいるといった感じである。呼ぶ名前は、M子のほかにT子、そのほかY男という男性の名前もたまに交じる。

この人たちが来ないのかというとそうではなくて、頻繁に訪れているのが向かいの部屋の私たちにも分かる。何しろM子さんの声がまた大きい。

「そうムッタド（しょっちゅう）呼んでれば、うるさくてみんなに迷惑カゲルベサ

（かけるでしょう）。ちゃんと来るんだハデ（から）、オドナシグ（静かに）してねばマイネノ（だめなの）」と、来るたびに叱っている。

「遊んでいて来られないんでないの。仕事しに行ってれば、休むわけにいかないべ（でしょう）」

「遊んでるんでないの。働いでるの」と来られなかった理由を言っても、なかなか理解してもらえないらしい。どうせ理解してもらえないなら、

「ごめんね。なかなか来られなくて。でも、お母さんどうしてるかなって、いっつもお母さんのこと思ってるんだよ」とでも優しい言葉を掛けてあげればいいのにと他人の私は思うのだが、肉親ともなるとそうばかりはいかないらしい。

T子さんという人も来ているらしいのだが、この人の声は小さくて、私たちの所には話す内容までは聞こえてこない。でも、そんなに叱ってはいないということが、何となく気配で分かる。

M子さんは多分娘さんで、T子さんは嫁さんだろう、嫁さんは姑さんをとても叱れないというのが、私の病室の人たちの感想である。

Y男さんというのは息子さんだろうか。「Y男」と呼ぶ声の頻度の割合は、M子、T子に比べてずっと少ないから、やはり頼りになるのは女性ということなのだろうか。それにしても、頼れる娘さん嫁さんがいて、息子さんも健在というこのお年寄りは幸せな人である。

私の所にも見舞いに来る子供夫婦がいて、同室の人の目には幸せに映ったらしい。子供夫婦の女性のほうは、たまに現れて用事をすませるとさっと帰り、男性のほうは毎日欠かさず来ては、しばらく私と二人で遠慮なく話しているのを見て、男が息子、女が嫁と思われたようだ。実は反対で娘の夫婦である。

お向かいさんの、M子さん、T子さん、Y男さんとの関係も、私たちの推測が案外はずれているのかもしれない。

トイレでの安堵感

私が入院したのは暮れの28日、まだ路上に雪がなかった。その後どんどん降って、どこの家も雪片付けに大変らしい。〝らしい〟というのは病院に居ると雪も寒さも無関係だからだ。

窓は二重窓、暖房完備の中で暮らしていると、浮き世の心配事は何もない。病院の建物はかなり古く、近いうちに新しい所に引っ越すのだそうで、夜中にすき間風が入ってきて寒いという人もいたりするが、時折コウモリが飛び回ったりする築後80年の木造家屋に住んでいる私は、常に屋内を流れている〝千の風〟に親しんでいるので、ちっぽけなすき間風など全然感じない。

1月末に移り住んだ私の病室のスペースは、3階病棟内でも一番狭いのだが、窓の外を見ると真正面に岩木山がそびえている。整理たんす、引き戸と引き出し・引き板が一つずつ付いた小さな戸棚、その戸棚の上にテレビ、更にその後ろ上に棚が付いていて、整理整頓の不得意な私でも、結構見苦しくなく暮らせる。前の病室は同じ4人部屋でもこの2倍近くあったのだが、1歩だけ動けばすべて用事が足りるというのは、私にとってこっちのほうが便利で気に入っている。

家にいるときは、寝室や仕事場を掃除するのは週に一度なのだが、病院は、プロの掃除屋さんが毎日掃除にきてくれる。ゴミはゴミで捨ててくれる人がいる。部屋には洗面所も付いていて、蛇口を右に回すと水、左に回すとお湯が出る。手洗い用石けん水も備え付けられている。驚いたのは手拭き用の紙まであることだ。

一番驚いたのはこの手拭き用の紙だったのだが、各部屋の洗面所にあるくらいだから当然トイレにもある。戦後10年くらいたったときであったろうか。三沢のアメリカンスクールを見学に行ったことがあった。その時驚いたことの一つが、この手拭き用の紙だった。トイレには大きなゴミ箱があって、使った紙が山盛りになっていた。日本はまだ貧しくて紙が貴重品だった頃である。それだけで戦勝国の豊かさに度肝を抜かれた記憶がある。それがなんと、今や日本でも当たり前の事となったのだ。

家庭では、今も家屋の端っこにトイレのあることが少なくないが、南北に走る病院の長い廊下には、途中何か所にもトイレがある。病室のすぐそばにあっても違和感を全く感じさせない清潔な場所であり、臭いも全然しない。中に入ると電灯がパッとつく。それも、我が家の押入れの隅から見つけた古い電球で間に合わせた薄暗いのとは大違いで、新聞も十分読める明るさである。同時に入口の「使用中」の標識にも明かりがともるから、部屋を出るとすぐ確認できる。

私の部屋のすぐそばに車椅子用の広々としたトイレがあるのだが、私は、ピックアップというかなり大型の歩行器を使っている時から、歩行器をあっちに向けたりこっちに向けたり、動作を工夫して普通のトイレを使っていた。

歩行困難の人が多い病棟なので車椅子トイレの使われる頻度が高く、それに車椅子からの乗り降りの大変さもあって時間もかかり「使用中」のことが多いのだが、普通のトイレはいつでも空いている。初めは部屋の鼻先にある車椅子用のトイレを使ったこともあったのだが、外で車椅子の人が待っている気配がしたりすると落ち着いて用が足せなかった。その点、普通のトイレはゆっくり座っていられる。我が家のトイレの暖房は小さい電気ストーブで、足もとがジリジリ熱いだけなのだが、ここはパジャマ姿でも全身ホカホカである。

岩木山神社でなかったかと思うのだが、「安堵館」という公衆トイレがたしかあった。「安堵館」とはいい名前を付けたものである。病院の便座に座って、なるほど「安堵館」だと、昔見た標識を突然に思い出したことだった。

黄金の杖

転んで立てなくなったのが12月28日、それから40日ぶりに危っかしい足どりながら、杖なしで40mほど歩くことができた。嬉しかった。これが赤ん坊だったら、両親がさぞ喜んだことだろう。赤ん坊にはヨチヨチ歩きというかわいい言葉があるが、同じやっと歩くのでも、私のはヨタヨタというしかない。ヨタヨタだろうと、ヨタラヨタラだろうと、私にとっては記念すべき日である。

レントゲンを撮って大腿骨骨折だと言われた時は、この年齢ではもう歩くことができないだろう。その夜痛さで眠れぬままに今後のことをいろいろ考えた。それが、手術をすれば歩けるようになる可能性があるという。84歳ともなれば死ぬことには抵抗はないのだが、寝たきりというのはいやだ。トイレに行けるだけでいい。あとは、一日おきに来てもらっている家政婦さんに回数を増やしてもらえば何とか生きていける。私はそんなに高い確率ではないだろう可能性に賭けることにした。

手術後7日め、初めてベッドから降りて立ってみた。というよりも立たせてもらった。若い女性の看護師さんが「私がちゃんと支えてるから、ぐんと寄り掛かっていいよ」と、私に言葉をかけてくれながら、タイミングよく持ち上げてくれたのだと思う。気がついたら立っていた。感激だった。家の中を杖を突いてだったら歩けるようになれそうだ。この最初に上手に立たせてもらったことで、私は希望を持った。

それから約1か月、私の予想をはるかに超えて回復し40m歩けたのである。

ここに至るまでには様々の器具のお世話になった。一番長期間お世話になったのは、ピックアップという赤ちゃんの歩行器を四角にして車を除いたようなもの。バタンバタンと自分の両手で前方へ運びながら体を支えてもらって足を運ぶのである。その次は先端が4本足になっている杖、それから一般的に使われている一本杖である。

歩けない人が一番長期間お世話になるのが普通は車椅子なのだが、私はリハビリ室への往復に乗せてもらっただけで自分で運転せずに卒業してしまった。リハビリ室への移動の途中、何回か練習させてもらったが、私のあまりの要領の悪さに療法士さんもあきれはてたのだろう。早々にピックアップに移行してくれた。これは単純な構造で、ただ両手で前へ運べばいいだけだから運動神経とは無関係、すぐに私の命令に従ってくれるようになった。車椅子をあきらめたことが案外と回復を早めてくれた原因の一つだったのかもしれない。

4本足の杖も突き方にコツがあるらしく私には向かなかったようで、二度ほど使っただけで終わった。

ということで、歩けるようになるまでには、療法士の方々に凝った筋肉をほぐしてもらいながら、車椅子の乗り降りから杖の使い方に至るまで、至れり尽くせり指導してもらったのだが、どんな杖よりも療法士さんの手に勝る杖はない。

初めて杖なしで歩くとき「私の手をしっかり力を入れて上からつかんでください」と、左の手のひらを上に向けて出してくれた。私がその手を左手でつかむと、下からぐんと力を入れて支えてくれているのが分かる。大丈夫助けてくれてる人がいるのだと思うと恐怖感が薄れて歩く勇気が出た。健康な足を前に出す時は痛いほうの足に負担がかかって、どうしてもぎこちない動きになるのだが、それに合わせて療法士さんの手にぐっと力が加わる。力の入れ具合の強弱を私の歩き方に実に上手に合わせてくれる。

私の歩き方が進歩するにつれて療法士さんの力の入れ方が少なくなっていくのだが、それでも毎回歩きはじめは私に安心感を与えるために強く、だんだん力が抜かれていって、いつのまにか知らず知らずのうちに自力で歩いていたりする。最後の数歩になると、またキュッと力を入れて緊張感をほぐして終わりという心づかいも嬉しかった。

どんな高価な杖でも、杖は使い手が突いた通りに反応するだけである。療法士さんの手は向こうからこちらに合わせてくれる。万金を費やしても買えない黄金の杖である。

〝無意識〟の君よ、あなたは偉い

リハビリの道具には様々のものがある。

手術して約一か月後、一本杖でどうにか歩けるようになったころ、プクプクしたマットの上に両足をくっつけて立たせられたことがあった。これがなかなか難しい。どうしても怪我をしたほうの右足の負担を却けようとするもので、体が左側に傾いてしまう。そして、マットがグラグラッと揺れて倒れそうになる。もちろん療法士の方が見守っていてくださるので危険なことは全くないのだが、こっちはおっかなびっくりである。立っているのさえ容易でないのに、次はそこに立ったまま、右手を伸ばして指先が届くあたりに立ててある帽子掛けのようなものに、輪を一つずつ掛けるのだという。わぁ大変、できるだろうかと不安に思ったら、不思議、不思議、ただ立っているよりもこのほうがずっと楽である。

その日の午後、体重計を二つ並べて足を片方ずつ載せ、立ったまま、バラバラになっている立方体を組み合わせて鬼の顔を完成させるというパズルの作業があった。これもやはり健康な左足に体重を掛けがちで、左の体重計の数値が高くなる。それが左右同じ重さになるのが目標だという。何だか足が気になってパズルに集中できず、普通は2分台でできるというパズルが4分以上掛かってしまった。

生きてきた80年もの間私は、自分が今立っているのだということを意識したことがほとんどなかった。満員電車で釣革にぶらさがって疲れたときとか、停留所でバスを待っているときとかぐらいだろう。

学校の教師というのは立ち仕事の多い職業だが、自分が今立っているということを意識したことはなかった。台所仕事にしても念頭にあるのは、料理の手順だったり火加減だったりで、足を気にすることはない。それが、怪我以来、常に足のことが頭から離れない。全く危険のない動作でも、大丈夫かと気になる。寝るときでさえ、膝を支えるバスタオルの位置はこれでいいかと何回も確かめる。

夜、床に就いてからこの日のリハビリについて考えた。そして気が付いたのは、もう無意識の世界が十分引き受けてくれていることを、いつまでも意識していてはいけないということだった。立つということに、輪を運ぶという動作が加わったことで、立っている意識の半分が輪のほうに向けられて足の不安が軽くなったのだ。

振り返ってみると、私にとって無意識の存在は貴重だった。

品のない話で申しわけないが、私はよほど長時間の外出でない限り、外出先でトイレを利用することはあまりない。和服で出掛けたときなどは特にそうである。我慢しているわけではなくて自然にそうなのである。締め切りの迫った原稿を書いていると、いつもと同じように書いているつもりなのにぐんとスピードアップしたり、夏の暑い日によそゆきに着替えるとあまり汗をかかなかったりと、無意識君は随分私に尽くしてくれた。その中でも、一番活躍してくれたのが手足の無意識君だったのだ。

私の足は医学的にはもう十分歩けるようになっているのに、なかなか歩く勇気が出なかったのだが、「私のことを気にしないでください。もう大丈夫です。無意識の世界に私を帰してください」と足が訴えていることを、鬼のパズルと輪を運ぶ動作が教えてくれた。

療法士の方に見守られながら、リハビリ室を杖なしで一周したのは、その翌日であった。

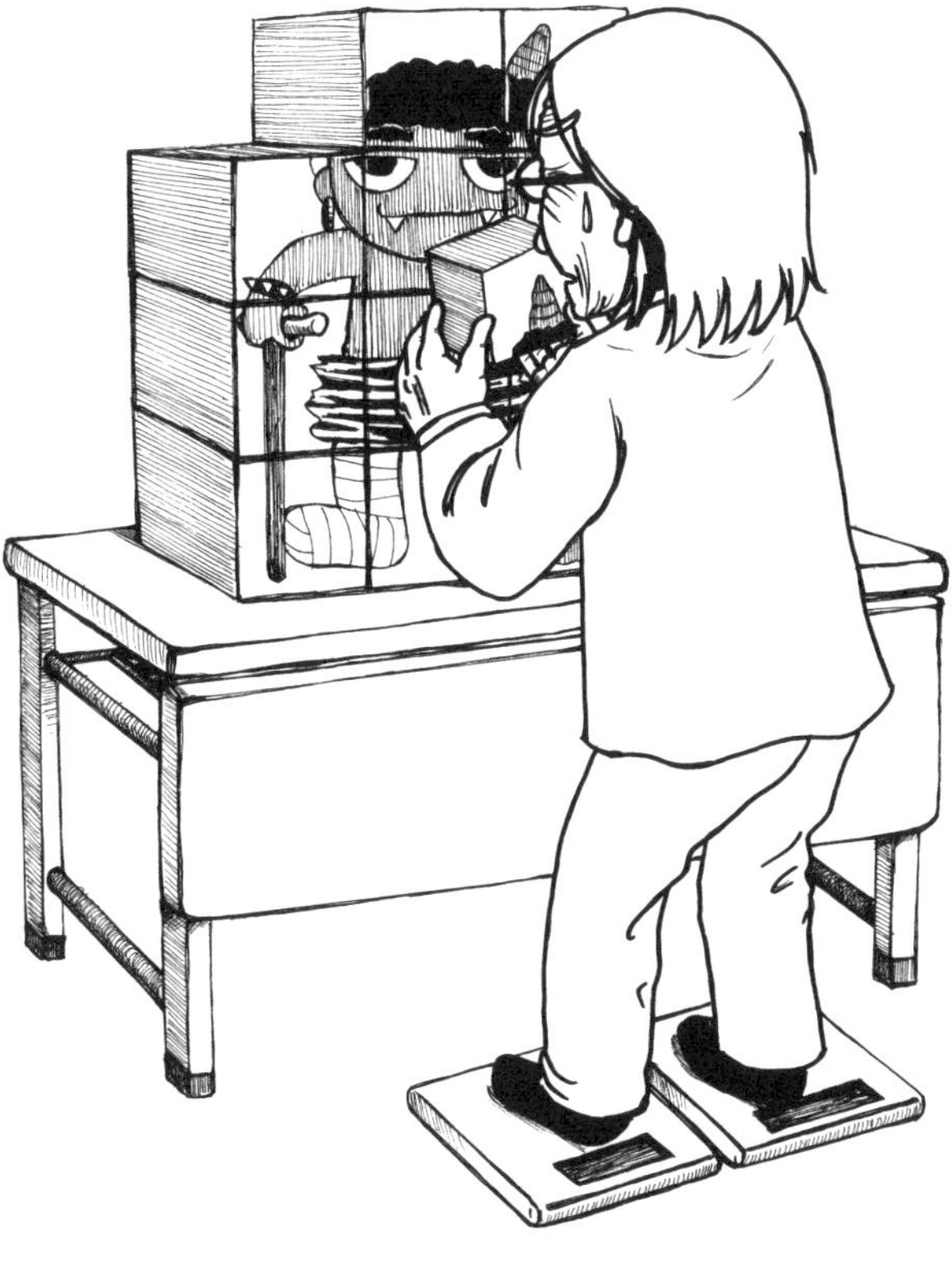

ガチョウの悩み

2月7日、今日は一日に7回採血するという。3度の食事の前後、それに就寝前とで7回である。血糖値を丹念に調べて、できれば食事の量をもっと増やすのが目的なのだそうだ。

私は加齢とともに食欲が細くなって、近年は本当に少食になっていた。3食のうち米の御飯は一日1食か時にはなしで、あとはパンか麺類、一日2食という日も珍しくなかった。

それが、病院では3食すべて御飯、50日間も米飯のみというのは私にとって初めての経験である。希望すればパンや麺も食べられるらしいのだが、1か月以上3食すべて御飯というのは今後もあり得ないだろうと思って、体験してみることにした。

栄養のバランスの取れたものを、毎日決まった時間に3食きちんと食べるという、日ごろの私にはないことを実行して、一番喜んだのは私の胃袋や腸だと思う。私に与えられた病院の給食は、一日1440Kカロリーで、量的にはかなり多い。栄養をきちんと取らなければ回復も遅れるし、リハビリに耐えられる体力も付かないと言われて、私はせっせと食べた。〝せっせと〟と言うよりも〝無理して〟と言ったほうがいいかもしれない。毎回ほとんど残さず食べた。胃腸は大量の食べ物が送り込まれてきて仕事のしがいがあったのだろう。私の〝無理して〟などはどこ吹く風と、快調に活動してくれた。

ところが、手術後3週間ほどたって、ようやく歩行器に助けてもらって歩けるようになったころ、間もなくリハビリ専門の病棟に移ってリハビリに専念することになるので、それに備えるために、もっと食べて体力を付けなければならないという。そして、栄養士さんと話し合った結果、3度の食事は増やさずに、3時に補食が出ることになった。ジャムを添えた小さな食パン一枚と牛乳が加わって、私の〝無理して〟は更に強まった。

病院の食事は献立もバラエティに富んでいるし、料理法も工夫されている。でも、どんなご馳走も空腹でなければおいしくない。それに、旅行などでも経験することだが、長い日数外での食事を続けると、どうしても家庭の味が懐かしくなる。私が栄養士さんに話して塩をもらうようになったのは、パンが出るようになってから一週間後で、自分の味が恋しくなり始めたときでもあった。

7回採血のことを聞かされたのは、そうした経過があって、私の完食達成の努力も限界と思っていた時だった。私はフォアグラのガチョウにでもなったような気がした。フォアグラを作るために飼育されているガチョウは、無理矢理口を開けさせられて餌を流し込まれるのだそうで、飼育係が来ると逃げるそうである。

私の孫が5歳のころに、母親からピアノを習ったことがあった。あまりの下手さに、よくまあ真面目に練習しているものだと、私は変なところに感心したのだが、間もなく「ピアノやめたの」とのこと。理由を尋ねると、「ピアノのおけいこ」1冊を練習すればそれで終わりと思っていたら母親が2冊目を買ってきたので、これは大変「ピアノはむきでないの」とやめたという。

そのことを思い出して真面目に完食していては、次の餌が次々にやってくることに恐怖を感じて、「大食はむきでない」と拒否することにした。看護師さんが私の気持ちを伝えてくれたらしくて、食事の量を増やす問題は無事通過した。

しかし、採血まで拒否というわけにはいかないので、これは神妙に従った。渡された日程表には、注意事項と一緒に、午前7時〈朝食前〉から午後9時〈眠前〉まで7回の時刻が示されている。最後の「眠前」は何と読むのか看護師さんに聞いたら「ミンゼン」だそうだ。どこの世界にも、そこだけに通用する言葉があるらしい。

教員養成大学の附属学校の校長は大学の教授が務めることになっている。私が昔勤めた附属学校の校長に、教育現場を全く知らぬ植物学者が赴任してきたことがあった。今もそうなのかどうか、そのころ生徒会活動やクラブ活動などをひっくるめた特別活動という分野があった。それを略して「特活（トッカツ）」と私たちは呼んでいたのだが、それを聞いた学者校長、「トンカツ」というのは何のことだろうと、しばらく分からなかったそうである。分からなくてもすぐには人に尋ねないというのが大学者たるゆえんなのだろう。就寝前のことを「眠前（ミンゼン）」ということを知って久しぶりに懐かしいトンカツ先生を思い出した。

ちなみに、ピアノがむきでなかった孫は、幸いむきであるものにその後出会って、高校卒業までずっと楽しむことができた。

入院天国

2月9日、1月分の入院診療費請求書が届いた

想像していたよりもはるかに少ないのに驚いた。総額では100万円を超すのに実際に支払うのはきわめて少額である。保険制度のありがたみをしみじみと感じたことだった。

なかでも安すぎるのではと思ったのは食事代である。「患者様負担分」の欄には「保険分」「食事分」「保険外分」と3項目ある。「保険分」は医療関係費すべての個人負担分、「保険外分」は病衣料など。

食事は全額患者負担なのか、保険からも支出されているのか、請求書を見ただけで

は保険からは出ていないようなのだが、ほかに出所があるのだろうか。

請求書の「食事分」の金額は1万9千530円、1月の日数31で割ると1日630円である。明細書には「食事標準負担額（低所得者3ヶ月以内）」とあるから、おそらく年金収入のみの私は最低のランクなのだろう。それにしても一食だと210円、いくら何でも安すぎる。

戦後日本全体が貧しかったころ、エンゲル係数という言葉が人々の話題によく上った。収入に対する食費の割合のことで、エンゲル係数が50％を超える家庭は生活が苦しい階層だと学校で教わった記憶がある。私が学校に通っていたころというのは、日本の一般労働者の家庭は、ほとんどが50％以上だったのではないかと思う。今私たちがもらっている国民年金は、一定の掛金を納めていれば全国民平等に一か月約6万円をもらえる。1日2千円、時給にすれば80円強、夜寝ている間に朝食分は十分稼いでいるわけで、ちょっと寝坊すれば昼食代も間に合う。1日千円を食費に当てるとすれば、エンゲル係数が50％程度の戦後なみの生活はできるのだからありがたいと思う。

病院の食事代1日630円というのは、国民年金だけの収入の人でもエンゲル係数33％、昭和20年代ならば富裕層である。

私は、たまたま暮れの28日に入院したので、正月は病院の特別メニューを食べさせてもらった。1月分の食事代2万円足らずの中には正月料理の分も含まれていたわけである。

そのメニューの一部を紹介する。

元日朝食
白玉麩の清汁　紅鮭塩焼き　大根生酢　トマト　小松菜おかかあえ　牛乳
さすが雑煮が出なかったのは、老人の事故防止のためだろう。白玉麩が餅の代わりだったのだと思う。

元日昼食

赤飯　鯛黄味焼き（ほうれん草ソテー付き）　煮しめ（野菜）　なまこ　フルーツ

なまこが出たのにはびっくりした。今年はなまこが去年よりも更に高価で、私は買おうか買うまいか迷っていた。私が作る我が家の正月料理には、おそらく出なかっただろう。入院したおかげで例年通りなまこにありつくことができた。

2日昼食

ちらし寿司　菊見和え　かぶら蒸し　スチューベン

ちらし寿司は大きな皿に色とりどりの豪華版で、見た途端そのボリュームにも驚いたのだが、日ごろ少食の私もペロリ平らげてしまった。

何でも安いのに越したことはない。でも国民の笑顔を求めるあまり、制度そのものを崩壊させてしまっては元も子もない。医療に直接関わる部分は私には分からないが、食事の部分を見ただけでも、あまりにもサービスのし過ぎではないかという気がする。世界に誇る我が国の医療保険制度を盤石なものにするためにも、私たち自身甘え過ぎずに厳しく律しなければならないと思う。

近年日本家庭の平均エンゲル係数は20～22％の期間が長かった。それが、2月27日付けの新聞によると、昨年度は25・8％と急上昇したという。上昇理由には、共働き世帯や高齢者世帯の増加で、調理の手間を省くため惣菜など価格の高い加工食品の需要が高まったこともあるという。

労働条件

病院には広いリハビリ室があって、土曜日曜も休みなしに運営されている。大勢いる患者は大方私のような老人なのだが、訓練にあたっている療法士さんは、患者とは対称的に全員若い人たちである。理学療法士も作業療法士も法律によって制度が定められてからまだ歴史が浅いので、正規の教育機関で学んで資格を取得しているのは必然的に若い人ということになるのだろう。

おかげでリハビリ室は明るくて活気がある。リハビリを受けている老人には、無表情だったり、暗い顔だったりという人もいるが、療法士さんの表情はみんな明るく生き生きとしている。患者一人に担当の療法士さんが付きっきりで訓練してくれるのだが、ようやく一人歩きが出来始めた患者を見守りながら寄り添って歩いている時などの顔は、まばたきもしないくらい真剣である。そんな時でも、表情は決して暗くはなくて、明るい。どうして、みんな、こんなにはつらつと働いているのだろう。療法士さんと親しく話を交わしているうちに、いろんなことが分かってきた。

まず、仕事に誇りを持っていること。療法士の養成大学に入るというのはかなりの狭き門で、その段階ですでに選ばれた人たちであるということは、私は以前から、高校の教師をしている知人のK子さんから聞いていた。K子さんは10年ほど前、骨折してこの病院に入院したことがあり、その時の体験から、高校生に進路の一つとして療法士の道を積極的に勧めてきたという。

私が入院中、たった一度だけ私を担当してくれた女性療法士Sさんは、高校時代K子さんの教え子だったという。

「私が2年生の時、先生が怪我されたんです。そして、療法士というのは素晴らしい仕事だと熱意を込めて話してくださったんです。それで、私はこの仕事を選んだんです」

「実際、仕事してみてどうぉ?」と聞いたら、

「よかったです。先生に感謝しています」

ということだった。

応援した患者さんが回復して退院されるのはうれしいことだし、直接ありがとうと言ってもらえるというのも張り合いがあるとのこと。

リハビリは患者一人に理学療法士と作業療法士が一人ずつ決まった人が付いて、午前と午後それぞれ1時間ずつ訓練してくれることになっている。受ける側は週7日毎日なので、週5日制の療法士さんの公休日や休暇の日には代わりの人が入る。Sさんは、たまたま休んだ私の担当の男性療法士Hさんの代わりだった。

Sさんの話によると、Hさんが休んだのは、Hさんには2歳になる男女の双子チャ

ンがいて、その一人が発熱して保育所へ行けなかったからだという。奥さんも医療機関に勤めているのだが、妊娠初期で入院中とのこと。

「私たちの職場は、子供が病気だったりすると、お互い気がねなく休めるのがいいんです。私も結婚してるんで、子育てするようになっても、ここでずっと働きたいと思っています」

Sさんは、Hさんが休んでいることで私が不安を感じないように、Hさんから引き継いだメモを見て私にマッサージしてくれながら、職場の明るい雰囲気を思わせる話をしてくれた。

それはSさんだけでなく、最初に私を担当してくれた若い女性療法士Aさんも話していた。子育てをしながら働いている先輩がたくさんいて、女性にとって恵まれた職場だと思う。私も恋人がいるので、プロポーズされたら迷わずに結婚して仕事を続けたいという。

子育てなどの家庭の事情で休んでも、独身の後輩たちが負担に感じることなく支えているところが素晴らしいと思う。

それは看護師さんたちも同様である。「今日の夜勤の○○です」と大きな明るい声で、必ず病室へ交替の挨拶に来る女性看護師さんがいた。それが週に何回もなので、「○○さん、また夜勤なんですか。大変でしょう」と言うと、「私、独身だからいいんです。子供のいる人は夜勤は大変ですから大変でない私がやるんです。夜勤手当も付くんですよ」と、ニコニコさわやかな顔をしている。療法士さんも看護師さんも仕事は苛酷だが、勤務時間は守られているようだし、労働条件は整っているらしい。

ところが、医師の先生たちはそうはいかないようである。私が手術を受けたのは暮れの29日、執刀してくださった先生は、年末年始の休日中も回診してくださったし、担当がリハビリの先生に交替した後に、その先生が初めて検査してくださったのも日曜日だった。

リハビリ病棟での私の病室は4人、担当の先生は、2人がリハビリ部部長のM先生、1人は女医先生、私は研修医の若い先生だったのだが、私が退院する一週間ほど前に私の担当の先生が研修期間を終えて他の部署に移られて、担当がM先生になり、それから三日ほどして女医先生が産休で休まれることになって、そこもM先生になった。

M先生、朝8時前からお見かけすることがよくあったのだが、ますますお忙しくなったわけである。M先生と初めて会った時、先生は長髪にひげも伸びていて、この先生、今風のおしゃれなんだろうと私は思ったのだったが、その数日後、髪を短く刈ってひげもきれいにそられていた。おそらく長髪はおしゃれではなくて、理髪する時間がなかったのだろう。

どこの職場でも、全員が定められた法に従って労働時間をきちんと守って働くというのは難しい。振り返ってみると、私も働いていた時は月100時間の超過勤務は普通だったように思う。週休2日のうちの1日は、必ずしも出勤はしなくとも自宅で職場に関わる仕事をしたし、毎日勤務時間1時間前には出勤して帰りは2時間以上残業した。それは私だけでなく、ほとんどの人がそうだった。

それでも不満に思わなかったのはなぜか。それは、人と直接つながる仕事だったということもあるかと思う。学校の教師ほど一度に大勢の人を相手にする職業はない。周到に準備したうえで子供たちと向き合えば、それだけ子供たちは生き生きとした表情で受け止めてくれる。たくさんの明るい瞳に囲まれる喜びを得るためには、勤務時間など私たちの間では問題ではなかった。みんながそういう気持ちなので、同僚間の心もごく自然につながって、仕事の配分に不満を持ったりもしなかったし、お互いにごく自然に助け合っていたように思う。

病院で働いている人たちの姿を見て、かつて私が務めていた職場と、気持ちの面で共通するものがあるように感じて懐かしかった。

それにしても働きづめはよくない。病院の先生方も紺屋の白袴にならぬように、リフレッシュの時間を十分取ってほしいし、学校教育の世界も、せめて子供たちの夏休み・冬休みの間だけでも、ゆっくりと教養の幅を広げられる自由な日になってほしいものだと願っている。

「骨粗しょう症」余聞

入院中に新しい漢字を覚えた。「鬆」という字である。

手術して26日め「リハビリテーション総合実施計画書」という書類を渡されて説明を受けた。その基本方針の「リスク・疾患管理」という欄に「骨粗鬆症の検査と加療を行います」と記入されていた。

新聞記事などこれまで目にしたものには「骨粗しょう症」と平仮名交じりで書かれていたので、「しょう」の部分の漢字について関心を持ったことがなかった。

何だかおもしろい字だな、老人に関係のある言葉だから、せめて長寿と関連づけて文字だけでもめでたい「松」という字を使ったのではないか、多分これは日本で作った国字だろうなどと、勝手に考えたりした。

たまたま見舞いに来てくれた漢字に詳しい後輩に「あなたが持ってる『諸橋大漢和』で調べてみてよ」と言ったら、スマホでも分かるのでないかと早速検索してくれた。

すぐに見つかった。部首は髟（かみかんむり）。字音は「シュ・ショウ・ソウ」。訓読みは「す」。意味は「①髪が一本ずつばらばらになるさま。②すきまがあいてゆるんでいる。すけている。」

病室に持ち込んでいた卓上用の『新明解国語辞典』にも、「こつそしょうしょう」を引いてみたら、「鬆」に常用漢字外の符号∧が付いてちゃんと載っていた。訓読みの「す」もあるかと調べてみた。

［∧鬆］㈠ダイコン・ゴボウや煮過ぎた豆腐などの芯《シン》にできる、細かく通った穴。

［味が悪くなる］㊁鋳物を鋳る時に空気が入って出来た空洞。［質がよくない］と、これも掲載されている。「この大根、す通って駄目だ」などとしょっちゅう使っているのに、こんな漢字のあることを今まで知らなかった。

「松」は、葉が一本ずつ縦に離れて、すきまのあいた松の木。「髟」は髪の毛。この二つが一緒になったのが「鬆」だという。

国字でないかなどという私の勝手な推測は、全くはずれていた。

ところで、渡された書類の骨粗しょう症の箇所を最初に見た時は「鬆」の字に気を取られて、その後に続く「検査と加療を行います」に注意がいかなかったのだが、後で読み返してみて、そうだ、検査の結果を聞いてなかったっけということを思い出した。

実は、この検査には深い恨みがあったのである。

手術の結果を診るためのレントゲン撮影が、手術7日後にあった。それは、ようやく看護師さんに支えてもらって、ほんの瞬間的ではあったが初めて床に立つことができた翌日のことだった。

足の痛みになるべく障らないように看護師さんが上手に私を車椅子に乗せてレントゲン室へ運搬してくれた。車椅子から撮影用のベッドに移る時はレントゲン室のスタッフが抱えてくれたのだが、これは、なんと看護師さんとは月とすっぽん、雲泥の差、どこが痛い箇所か尋ねるでもなく、丸太を運ぶごとく二人で私をベッドの上にあおむけにした。

骨折直後に同じこのベッドに寝かされた時の担当の人は、私の足は今よりもはるかに痛い状態だったのにこれほど痛い目に合わせなかったぞ。コンチキショウと涙をこらえたが、その後の何枚目かの撮影の時が最高ひどかった。

まだちょっとの寝返りさえ打てていないのに、真横になれという。私が動けずにいたら、また丸太ん棒を転がすようにぐんと横に動かした。「イタイ！」と思わず大きな声を出したらさすがに手を放したが、今回の入院全期間中、痛い思いをさせられたのはレントゲン室だけである。

レントゲン撮影の後、骨粗しょう症の検査もあるという。その検査のためのベッドが何であんなに高いのか。あまりの恐怖に本当の高さは覚えていないが、私の胸の高さぐらいはあったように思う。もちろん私が自力で上がれないのは誰が見ても明らかで、レントゲンと同じスタッフが私を抱え上げるつもりだったのは当然である。

しかし、この人たちに投げ上げられたら、どんな痛い目に会わされるか分からない。私は、「自分で上がりますから私に手を触れないでください」と宣言して踏み台を持ってきてもらい、恨みを馬鹿力に変えてくれた腕のおかげで、上によじ登ることができた。

そんな恨みつらみのあった検査なのに、まだ結果を教えてもらっていなかったことに気が付いた。看護師さんに話したら、リハビリ担当の先生が説明にいらしてくださった。

レントゲン写真のコピーやら、骨粗しょう症に関する統計資料やら、いろいろ準備してくださって、そうしたことに全く知識のない私にもよく理解できた。そして、薬についても、それぞれの薬のメリット、デメリットを丁寧に説明して、私の条件に最も適するのはこの薬だと結論をまとめてくださった。

その日はたしか水曜日だったと思うのだが、その薬を飲んで、もしも副作用があった場合、週末だと手当てが十分できなかったりすれば困るので、来週月曜日の朝に1回めを飲むことにしましょうということも決めてくださった。

先生の思いやりに満ちた話しぶりや態度についい甘えてしまい、実は「検査と加療を行います」を見たときに、これから加療をするんだったら、手術後たった1週間の時にあんな高い所に登らなくてもよかったのではないかと思ったんですと、レントゲン室でのことを丸太ん棒の件も含めて話してしまった。

先生は何の弁解もなさらずに「そうでしたか。そんなつらい思いをなさったんですか。申しわけありませんでした」とおっしゃった。先生のこの一言で、それまでの私のレントゲン室に対する恨みはスーッと消え去った。それ以来、私の気持ちも余裕ができたようで、機械を相手に仕事をしている人に、直接人間を相手にしている人と同じことを望むのは無理なのだと考えるようになった。レントゲン室のあの2人の顔と名前を生涯忘れまいと思っていたのも、退院するまでにはいつのまにかすっかり忘れてしまっていた。

それにしても、あの時の馬鹿力はどこから出たのだろう。今は、左手がしっかりと杖を握って私の歩行を助け、右手は箸とペンを毎日持って私の命と仕事を支え、腕も穏やかに両手を応援して、それぞれが実力相応に働いてくれている。

退院その後

⑴インスタントラーメン

私が5階の東側の病室にいた時に、窓の真っすぐ道路を隔てた向かい側に洋菓子店アンジェリックが見えた。

私は療法士さんに宣言した。

「私のリハビリの目標が決まりました。階段を昇り降りできるようになること。理由は退院する時に、アンジェリックの2階の喫茶ルームでケーキを食べることにしたからです。」

目標があると励みになるのか、意外にリハビリが進んで、1月末にはリハビリ室の練習用の階段を昇り降りできるようになり、やがてリハビリ室への往復も、時にはエレベーターに乗らずに階段を使ってみたりするようになった。

ところが、病院に来てくれた人たちにその話をすると、アンジェリックの階段は立派な手すりのある病院のとは違う。あなたには無理、やめたほうがいいと誰もが言う。

仕方がないので、2月17日午前10時退院と決まった段階で予定を変更、家に帰る途中ケーキはやめにしてラーメンを食べることにした。何しろ、50日間、日に3度の食事の主食がすべて米の御飯というのは、生まれて初めての体験である。あえて、パンや麺類を希望せずに初体験に挑戦してみたのだが、終わりの頃は猛烈にラーメンが恋しくなっていた。

ところが、退院当日、時間休を取って迎えに来てくれた娘が急いで職場に戻らなければならず、昼食を付き合っている余裕はないという。家に直行するしかない。

52日ぶりに帰った我が家の台所のテーブルの上に、去年買ったしょうゆ味のインス

ラーメン
バター

タントラーメンが5食パックのまま載っていた。これも冷蔵庫に残っていたバターを浮かべて食べたインスタントラーメンの、なんとおいしかったこと。しょっぱいつゆも一滴残さず飲んで、50日間の減塩効果が一挙に吹っ飛んだ。

最初のリハビリ目標のケーキ屋さんは、別の所で役立った。階段を昇り降りできたことで、4月から約束してあったNHK文化教室の2階での仕事をキャンセルせずにすんだ。私の人生最後の教室での仕事を全うさせてくれたのは、「アンジェリック」と壁面に大きく書かれた横文字である。

(2)生活リズム

見舞いに来てくださった方たちに退院後お礼状を出さなければと、殊勝にも病院にいるうちに手紙を仕上げることにした。

手紙の最後をこう締めくくった。

お見舞いありがとうございました。

きちんとお礼申し上げるべきなのですが、当分は外出せずにおとなしくしているつもりですのでお許しください。

今回の入院で一番役に立ったのは、早寝早起き、三食きちんと食べてという生活を50日も続けて、老人ホームに入所したときの暮らしに自信が持てたことです。この習慣が身に付いているうちに老人ホームに入所するというのもいいかもしれませんが、今しばらく一人暮らしを続ける予定です。今までとは打って変わって、入院中と同じ規則正しい生活を送るつもりですので、見事に変身した私の姿を見にいらしてください。

退院当日、高校時代からの友人が来てくれて、その手紙の発送を手伝ってくれた。(出し忘れて失礼した方も必ずあるはずです。お許しください)

ところが、その友人が帰ると言うのを、彼女も一人暮らしなのをいい事に、まだいいじゃないと散々引き止めて、退院の夜から早速に早寝はくずれ、二日目、早起き駄目、三食も食べるには食べたが「きちんと」とはいかなかった。

しばらくは外出もままならぬ私を気の毒に思って訪ねてくれる人はたくさんいたが、誰の前にも「見事に変身した姿」を見せることは、とうとうできなかった。

(3) 陋屋《ろうおく》で新生活

足の自由を失ったのを機会に、すべて1階で生活することにした。取りあえず、ベッドと机とパソコン（17年前に買ったゴロンとした大型である）を下に移してもらって、必要な物は、その都度2階にエッチラオッチラ取りに行くことにしている。そのエッチラオッチラが大儀なので、なるべく1階にある物で間に合わせることにしているのだが、大抵の物はなければないなりに代わりの物で間に合うのが、便利でもあり、おもしろくもある。

もともと書庫や書斎は1階で、パソコンだけを寝室に持ち込んでいたので、重い本を持ち運ぶという不都合はほとんどないが、衣類がすべて2階というのが、今のところ一番不便なことであろうか。結局、一度洋服箪笥から持ってきたら、同じものを何日も着ているということになるのだが、それで結構間に合っているのだから、考えてみると随分無駄なものを仕舞い込んでいるのだと思う。

それでも、いつのまにやら2階から下ろした洋服が部屋のあちらこちらにぶら下がり、バッグやら本やらが畳の上にどんどん重なって、ついこの間まで一応客間だった8畳2間続きの日本間は、不自由な足が踏み場を探して歩かなければならないほどの乱雑ぶりである。

この部屋には仏壇もあって、前よりも夫の写真と顔を合わせる時間がずっと多くなったのだが、「いいよ、いいよ。散らかってるほうがお前らしい」と言ってくれてるものと、勝手に思うことにしている。

亡夫への手紙

3月11日、今日はあなたの命日、あなたが彼岸に去って満14年たちました。毎年、命日が無理であればその前後には必ずお寺参りをしてきましたのに、まだ歩くのに自信がなくて行けませんでした。ごめんなさい。

でも、昨年までと違って今年は新しい家族がお寺参りに加わってくれました。孫の悠子が結婚して、智・悠子の新しい夫婦が誕生したのです。二人は、佐藤の姓を受け継いで私たちの菩提を弔ってくれることになっています。どうぞ安心してそちらでの暮らしをお楽しみくださ い。

それにしても、あなたはいつ私を迎えに来てくれるのでしょうか。もう、あなたの人生よりも10年も多く生きました。

入院中、せめて、あなたが夢の中にだけでも訪れてくれないかと待っていましたが、とうとう一度も現れてくれませんでした。でも、考えてみますと、それは、私が昼のリハビリの疲れでぐっすり眠って、夢の世界へ足を踏み入れる機会がなかったのだろうと思います。全くの運動嫌いの私が、めげずにリハビリができたのは、もう少し生きて2本の足で歩いてみれば、まだやることがあると思うよと、あなたがきっと応援してくれたに違いありません。

でも、本当のところ、私はもう十分生きました。

あなたが息を引き取る数日前、これ以上鎮痛のモルヒネを増やすと意識を失うと言われていた時に、私と交した会話を覚えていますか。突然、あなたが私に言いました。

「去年今年《こぞことし》貫く棒の如きもの——これ誰の俳句だっけ」

私は俳句の知識があまりないので、

「高浜虚子ではないかと思うけど、はっきりは分からない。明日家に帰る用事があるから調べてくる」と言ったら、あなたは黙っていました。

翌日、「やはり虚子だった。昭和25年の暮れ、虚子が76歳の時に、翌年の新春放送のために作ったんだって。そのとき一緒に作った句に〈見栄もなく誇《ほこり》も無くて老の春〉というのもあるんですって」と調べたことを言った後で、虚子の死ぬ近くの作品と思われたらまずいと思って、私は、急いで虚子は長生きだったから死ぬ9年も前に作った俳句だということを付け加えました。

その時も、あなたはただ黙って聞いていました。

その深夜、あなたは、ベッドの下で眠っている私を突然呼んで、

「去年今年貫く棒の如きもの。もう一つは何だっけ」と尋ねました。

「見栄もなく誇もなくて老の春」と答えて「どうしたの。急に思い出したの?」と私が言ったら、あなたはしばらくして、

「オラもそうやって生きてきたんだ」と、ポツンと言いました。

私がどう返答したらいいか戸惑っていたら、あなたは、

「これからそう生きるんでなくて、今までそうやって生きてきたんだ」と、前よりもはっきりした声で言いました。

それが、あなたの最後の言葉となりました。

あなたには死の告知はしていませんでしたが、あなたは自分で覚って、自分は間もなく死ぬということを、私にそれとなく、二人の会話の中の節々で伝えようとしているのが、大分前から分かっていました。

例えば、「『坂の上の雲』、お前とうとう読まなくて終わってしまったな」と言ったのを覚えていますか。私たち二人の話題には、本に関することも少なくなかったのですが、あなたの好きな司馬遼太郎の作品は私の読書範囲にはなくて、共通の話題にはなりませんでした。それがあなたには残念だったようで、『坂の上の雲』は主人公3

人のうちの1人が正岡子規だから、あれはきっとお前が読んでもおもしろいと思うと、何回か私に勧めていました。「読まなくて終わってしまった」ということは、私が読まないうちにあなたの命が終わってしまったということなのですよね。

そうした、それとなくの場面はたびたびあったのですが、「これからそう生きるんでなくて、今までそうやって生きてきたんだ」というこの言葉は、最後の言葉として私に言い残したのだということが、はっきりと私に伝わりました。

その翌日、担当の先生にその事を話して、あなたが静かに死を迎える心境になっていることを伝え、次の痛みの時には眠らせてほしいとお願いしました。

あなたと最期の時まできちんと会話ができたことが、その後の私の生きる力となりました。それは、あなたも私もまだ70代前半だったからできたのだと思います。入院室のあなたのベッドの下にキャンプ用のシートを敷いて仮眠しながらの介護も、当時の私には格別体力を消耗することでもありませんでしたし、あなたの話すことも入院

坂の上の雲（一）
司馬遼太郎
文春文庫
坂の上の雲（二）
坂の上の雲（三）

前と変わらず衰えを感じさせるものではありませんでした。

あなたのような幸せな最期は、私には到底望めないということは十分承知してはいましたが、今回入院してみて、はっきりと再確認しました。

吉田兼好は『徒然草』にこう書いています。

命長ければ辱《はぢ》多し。長くとも、四十《よそぢ》に足らぬほどにて死なんこそ、めやすかるべ（無難であろう）けれ。

『徒然草』が書かれた14世紀前半と今とでは長生きの基準も違って当然ですが、40歳を2倍の80歳にしても、今の私に十分当てはまります。

私は80歳までにはあなたのもとへ行きたいと願ってきましたが、かなえられぬままに今日まで生き延びてしまいました。八十路を生きるということは、恥をかくことが多いだけでなく、身体的にも精神的にも様々のリスクを背負って生きて行かなければなりません。幸いなことに、私はこれまで比較的リスクに脅かされることなく生きてきましたが、これからはそういきません。だんだんとリスクに押しつぶされて、恥多きことも気にせず、老醜の身を長らえていくのだろうと思います。

この『おッ！　見えた、目ん玉が！』は、大きく変えざるを得なかった私のこれからの生活のスタートである入院の模様を、あなたに報告したいと思って、記憶に残ったものを書き連ねました。〝本〟というにはあまりにも量が少ないのですが、和田和歌子さんが挿絵をたくさんかいてページ数を増やしてくださり、津軽書房の伊藤裕美子さんが本らしい体裁に整えてくださいました。これまで伊藤さん、和田さんのコンビで作っていただいた本の中では一番小さい本ですが、これを読んであなたが、いつまでも一人にしておくのはかわいそうと、私を呼んでくれるのではないかと期待しています。

とは言っても、決してメソメソ暮らしているわけではありません。これまで通り、何事もポジティブに捉えて、あなたと会った時に、やたら額に縦ジワの寄ったバアサンになっていないよう、明るく生きながら「オーイ、迎えにきたよォー」というあなたの声を待っています。

2017年3月11日

（あとがきに代えて）

著者略歴

佐藤きむ（サトウキン）

1932年青森県弘前市生まれ　1955年弘前大学教育学部卒業
1956～93年弘前大学教育学部附属駒越小中学校・附属中学校教諭
1993～98年弘前大学教育学部助教授（国語科教育）
2007年　青森県文化賞受賞
2008年　弘前市文化振興功労章受章
2016年　青森県褒賞受賞
現在　日本エッセイスト・クラブ会員
　国語科教育実践研究サークル「月曜会」主宰
著書　『国語授業のいろは』（三省堂）
　『仰げば尊し、我が教え子の恩』『茶髪と六十路』
　『あなたは幸せを見つけてますか』『姑三年、嫁八年』
　『国語教室の窓』（以上津軽書房）
共著　『少年少女のための〈谷の響き〉』（弘前市立弘前図書館）
　その他教育関係図書
訳書　『学問のすすめ―福澤諭吉』『福翁百話―福澤諭吉』
　（以上角川ソフィア文庫）

おッ！ 見えた、目《め》ん玉《たま》が！
――八十路の入院体験記――

二〇一七年五月三〇日　発行
定価はカバーに表示しております

著　者　佐藤きむ
発行者　伊藤裕美子
発行所　津軽書房
〒〇三六―八三三二
青森県弘前市亀甲町七十五番地
電　話　〇一七二―三三―一四一二
ＦＡＸ　〇一七二―三三―一七四八
印刷／ぷりんてぃあ第二
製本／エーヴィスシステムズ

ISBN978-4-8066-0235-4